남아있는 날의 기쁨만

남아있는날의 기쁨만

초판 1쇄 발행 2023년 8월 1일

지은이 임영희 · **발행인** 권선복
캘리그라피 이형구 (한국손글씨디자인 연구회장, 국제손글씨pop 협회장,
                      이형구캘리그라피 대표)
디자인 김소영 · **전자책** 서보미 · **마케팅** 권보송
발행처 도서출판 행복에너지 · **출판등록** 제315-2011-000035호
주소 (157-010) 서울특별시 강서구 화곡로 232
전화 0505-613-6133 · **팩스** 0303-0799-1560
홈페이지 www.happybook.or.kr · **이메일** ksbdata@daum.net

값 17,000원

ISBN 979-11-92486-86-4(03810)
Copyright ⓒ 임영희, 2023

도서출판 행복에너지는 독자 여러분의 아이디어와 원고 투고를 기다립니다.
책으로 만들기를 원하는 콘텐츠가 있으신 분은 이메일이나 홈페이지를 통해
간단한 기획서와 기획의도, 연락처 등을 보내주십시오. 행복에너지의 문은
언제나 활짝 열려 있습니다.

남아 있는 날의
기쁨만

임영희 제8시집

도서
출판 행복에너지

목차

회상의 날개를 달고

꿈으로 가는 열차

인연 그리고 감사한 마음

하트 잎새

회상의
날개를
달고

사랑하는 마음

나는 언제나 사랑하는
마음으로 살고 싶습니다

나의 종교는 사랑하는 마음
그것이고 싶습니다

미움과 시새움을 버리고
이해하고 배려하고픈

용서하고 격려하는 아름다운
사람이 되고 싶습니다

나는 마냥 꿈을 꿉니다
큰 욕망을 이루려는 꿈이 아니라

늘 좌절하면서도 포기하지 않는
끊임없이 사랑하는 마음

사랑하는 마음으로 사노라면
부자가 아니어도 행복합니다

이 세상 그 누구와도 친할 수 있는
사랑하는 마음으로 행복하고 싶습니다

세월 속에서

가을이 빨갛게 익어갈 동안
내 마음도 곱게 익어
행복을 가늠하는 눈웃음과
밝은 미소를 흘린다

삶이 때로 고달플지라도
계절마다 색달리 지펴지는
그 아름다움에 취해 다시
그리고 또 다시 새 꿈들이 피어나고

사람아 사람아…
한 번 뒤 돌아 볼 때마다
새로워지는 마음들이
세월 속에서 아름다운 꽃을 피우네

침묵

'침묵은 금이다'
누군가 말했거늘

마흔 해를 바라보면서
아무 말하지 않는
침묵

지금쯤 제다 금이 되어
있을까…

기린

네 발 달린 동물 중
가장 좋아하는 동물은
기린입니다

멋진 얼룩무늬
쭉 뻗은 각선미
길고 긴 목

긴 목을 늘려 저 먼
하늘을 바라보는
기린의 외로움까지도…

몸집에 비해 너무 작은
머리와 왕관을 쓴 듯한
앙증맞은 두 개의 뿔

동물 중 가장 깨끗하고
수려한 멋진 모습의
신사같지 않나요

아프리카 넓은 초원 위를
마음껏 내달릴 때의
기린을 상상해 보세요

나는 언제나
기린을
좋아합니다

희망

슬픔이 찾아오면
이제는 돌아서서
미소 띄우리라

외로움이 찾아오면
넌지시 외로움과
손을 잡고 춤 추리라

삶의 한 가운데를 지나
조용한 오솔길에서
외로운 새도 만나고…

혼자서 피고 있는
작은 꽃도 만나고
만나는 것들과의 해후를 기뻐하리라

햇빛이 좋은 날 햇빛과 웃고
비가 내리는 날에는
비와 더불어 울기도 하리라…

살아있음의
기쁨만큼 더 큰
행운이 없으리니

뜨거운 삶이여
열정의 사랑이여
아름다운 희망이여…

날개 없는 꿈

오늘 새 한 마리 둥지를
떠나려 합니다

너무 익숙해진 삶이 싫어 푸른 하늘
높이 높이 날아오르려나 봅니다

알 수 없는 미지의 나라
쉽게 꿈꿀 수 없는 동경의 세계로

새는 자유롭게 날 수 있어
날아오를 수 있는 곳

지치고 지쳐 추락하는 곳까지
새는 날아가겠지요

날개 없는 꿈은 언제나
그 자리에서만 맴도는 물레방아

불지 않는 바람 불어오기만을
기다리는 바람개비 같아서

올 한 해도 그저 그렇게 먼 하늘
바라보며 세월만 떠나보내겠네…

약속

그리운 이와 약속을 하세요
약속된 시간의 기다림은
향기로운 설레임이 되어
마음을 행복하게 합니다

삶의 긴 시간 속에서
짧은 약속이라 할지라도
그 기다림과 만남의 시간은
금빛 꽃이 됩니다

때로 너무 무료한 시간
친구에게 전화하세요
함께했던 시간의 즐거웠던
기억들을 되살리고

잊지 않겠노라 고백이라도
많은 시간 함께할 수 있음이
행복했노라고
친구와의 약속도 큰 기쁨입니다

말

1.
말을 나누이고 싶다
하루 낮 하루 밤쯤
말을 나누이고 싶다

꼬깃꼬깃 접어둔 마음 속 이야기들
꼭 하고 싶은 말도 이미 말했지만
두고두고 후회로운 말들도…

누군가가 진지하게 귀 기울어
말을 들어주고 내말에 진심어린 마음으로
답해주는 말들이 듣고 싶다

2.
살아온 세월 속에서 몇 마디의
진실을 말했을까
사랑한다는 말은 했었던가

수백 개의 단어를 내 뱉으면서도
아름답고 진실하고 감동적인 말을
몇 마디나 했을까

진심어린 다정한 말
눈빛 속으로 감동이 젖어드는 말
아아! 그런 말을 나누이고 싶다

내 나라 여행(1)

훌훌 근심걱정 다 털어 버리고
여행을 하네
일흔하고도 다섯 나이에
모처럼 얻은 자유로움

내 나라 둘러보는 마음이
다사로워진다
익숙하면서도 낯설은 듯
모처럼의 자유가 참 행복하다

짝꿍이 일에서 벗어나면
다시 한번 밟아 보고픈
내나라 여행 27년간 사귄
같은 라인 친구랑 함께하는

주마등처럼 살아온 날들의
많은 기억들이 떠오르고
보는 것마다 아름답고
흡족하고 감사한 마음

내 나라 산천山川 잘 보듬고 아껴서
후손들에게 물러 주었으면 하는 마음
6박 7일의 내 나라 여행은 행복하고
아름다운 꿈길이었네

알펜시아여 안녕

여행이 끝남을 슬퍼하는가
비가 내리는 알펜시아여
2018년 동계올림픽이
이곳에서 꽃을 활짝 피우리라

두개의 드높은 스키점프대의 위용에
대한민국을 빛나게 할 수 있기를
기원하고 싶습니다

감미로웠던 여행의 행복함
처음 만나는 이들과 함께하는
여행일지라도 눈빛만으로 정겨웁고
오래도록 행복과 안녕을 빌리라

어느새 7월을 맞이한 山河
푸르름과 청정함이 눈을 시리게 하고
설영 뜨거운 햇살일지라도
7월은 싱그러움으로 빛났다

기억 속에 각인된 미륵사지 내소사
보리암 촉석루 대왕암 불국사 월정사
그 울창했던 전나무 숲길

집으로 돌아가면 오래도록
생각나리라
비 내리는 알펜시아여
함께한 모든 이들이여! 안녕

슬픔을 앓는 아이에게

어둠 속에서
슬픈 눈을 한 아이를
만납니다

아이는 늘 결백하다는
눈빛을 하고
먼 시야를 바라봅니다

아득히 먼 날로 부터
외로운 눈빛을 하고
미래를 꿈꿀 수 없는

절망을 안고 아이는
설레임을 모르는 채
언제나 그런 눈빛으로 모습으로

외로움에 젖어 있나 봅니다
때로 운명인 것이라고
엷은 미소를 짓기도 하지만…

좀체 성숙되지 않는
슬픈 눈빛과 체념으로
자책하고 마는

아이야! 이제 너는
그 슬픔으로부터 훌훌 벗어나
아름다운 세상을 바라볼 수 있는

따뜻한 마음과
사랑의 눈빛과 맑은 미소를
띠우지 않으련…

벽

삶을 통해 뚫고져
한 것은 벽壁이다

그 벽은 생명을 걸만큼
두터운 벽이기를

무게가 무거울수록
두터운 벽이 가로막아 주기를

그 벽을 뚫거나 뛰어 넘거나
벽에 부딪쳐 목숨을 버리거나

오랜 시간의 갈망은
벽이었다

이제는 허무를 벽도
부딪치고져 하는 벽도

제 스스로 허물어지고
사라지고

남아 있는 날은
날개만큼 가볍기만 하네!

기원하오리다

용서 하소서!
아주 작은 소망만을
마음에 두오리다

욕심없이 살아온
무난함이 참으로
감사하옵니다

그래도 남들보다
건강한 몸으로 살아 왔음이
진정 감사합니다

아이들에게도
너무 큰 욕심 없도록
보살펴 주십시오

너무 불행하지만은 않도록
눈여겨 보아주시길
기원하오리다

이젠 떠나가라

언제나 그리운가
어느 한 곳이 비어진
뇌를 갖고 태어난 것인가

그리움은
노상 꿈을 꾸고
기쁨인지 아픔인지 모를

그 많은 날들의
허망함은
이제 그리움을 놓고 싶다

자유롭지 못한
영혼의 굴레
아픔일지라도 떠나 보내리라

정녕 이제는
몸부림칠지라도 떠나가라
그리움이여

아름다움

아름답고져 함을 누가 비웃으랴
아름다운 꽃을 보노라면
따뜻한 마음과 미소가 피어나거늘

태어날 때부터 아름다운
모습의 행운은 참으로
감사할 일이다

본인의 소망도 아니고
죄의 값도 아니건만
그 안타까움을 누가 알랴

단순히 노력한다고 하여도
성취 될 일이 아니기에
더욱 애달픈 일이다

위축되고 서러운
마음의 상처는 무엇으로
보상이 되랴

아름답고져 하는 여자의 욕망
때로 자신을 파괴하는
슬픈 원죄原罪여…

나이듦에 대하여(1)

1.
회갑이나 고희를 맞는다는 건
괜찮은 일이다 인생의 완숙기에
접어드는 분기점이랄까요

들끓던 삶의 회오와
고통 같은 것도
제자리를 찾은 듯

마음이 제법 안온해지고
미시적인 시야도 조금씩 더
넓혀진 안목이 생긴다고 하리까

확실히 달라진 자신을
발견할 수 있으리라
나이듦이 싫은 것만도 아닌…

2.
은근함과 평화스러움이
이전에 느끼지 못했던
안이함도 좋으리라

애착이거나 미련 같은 건
죄다 버리고
건강함으로 하여

행복할 수 있는 작은 욕망
친구들을 만나
담소할 수 있는 작은 기쁨과

그 즐거움으로 하여
만족할 수 있는 단순한 욕망
조금씩 마음을 비워갈 수 있으리라

눈이 오려나

꽃이 없어 쓸쓸한 마음인데
바람이 세차게
뺨을 치고 달아난다

12월 몇날이 지나 갔다고
나무잎들은 다 어디로 갔나
앙상한 나무들

빨간 단풍잎 노란 은행잎
손바닥보다 크고 넉넉하던
플라타너스 잎새

12월이 이렇게
외로운 줄을 이전에는
왜 느끼지 못했을까!

혼자 걷는 산책길이
아득하니 멀기만 한데 회색빛
가라앉은 하늘 눈이 오려나…

눈 내린 아침 회상

1.
칠십 년도 더 된 눈目이
눈를 내린 아침의 풍경을
그려 봅니다

그때는 정녕 바둑이가
앞마당에서 꼬리를 흔들며
뛰어 다녔고

산비탈 복숭아 과수원 아래
흙담장에 대문이 있던 아담한 기와집
할아버지 할머니

열 다섯 식구의 대가족
닭장도 있고 돼지우리
텃밭도 있었지요

2.
그냥 시골집 같은 우리집
삼촌 숙모 사촌동생들
모두 함께 법석거렸던…

눈 내린 아침의 풍경은
깨끗하고 아름답고
설레이던 그 고요함

산비탈 복숭아 과수원의
고즈넉한 설경
그때의 눈 내린 아침이

아직도 내 기억 속에 남아
내 눈目 속으로 스며들 듯
아련하게 떠오릅니다

을미년의 희망

겨울나무 새눈의 비밀을
남몰래 엿보 듯 내 마음속을
비밀스럽게 들여다 본다

올 을미년에도
건강 했으면
어머니만큼 살았으면…

겉모습이 그럴 수 없이 순한 양
곱슬곱슬 포근해 보이는 털
사랑스럽게만 보인다

올 양은 청양이라는데
푸른색이 주는 느낌은
그야말로 청량하다

희망을 품고 싶다
어느 해인들 다사다난 하지 않는
해가 있었던가

허지만 그럭저럭
희망의 끈을 놓지 않고
열심히 살아왔거늘…

희망이 주는 긍정의 힘
나는 그 긍정의 힘을 믿으며
을미년 더 행복한 마음으로 살리다

집념

늘 조그마한 우물 하나
열심히 파고 있다

흐트러지는 상념을
모우기 위해

줄곧 한 우물만
파고 있네

그래야만 성공할 수
있다고 하던가

허공에 파는 우물도
성공에 도달할 수 있을런지…

나를 사랑하고
나의 존재를 긍정하고

비로소 위안의 그늘 안으로
이르를 수 있는 마음이여

여든을 바라보는 연륜에
이제서야 철이 드는가!

바람 부는 날

바람이 세차게 부는
날이면 높이높이
꼬리 긴 연을 날린다

내가 가 볼 수 없는 곳
높이 오를 수 없었던
그리움의 산정까지

날개를 단 것 마냥
훨훨 날아오르는
환상…

때로 환상은 크낙한
위안이 되어
마음을 치유한다

얼어 붙은 동토일지라도
바람 불어 움츠러드는
날일지라도…

환상은 자유롭게
아주 자유롭게 날아 올라
바람과 함께 만리를 간다

회상의 날개를 달고

1.
청춘의 힘이 넘치는 젊은이들을 보며
우리에게도 저런 날이 있었던가
세월은 어찌 그리도 빨리 달려 왔는지…

회상의 날개를 달고 먼 먼
그 젊었던 청춘으로
달려가고 싶어라

일흔 고개도 훌쩍 넘어가는 것일까
두어 고개 서너 고개 정녕
남은 고개가 그리 많지가 않네

인생살이 여든 해를
쉽게도 넘기는 걸까
서리서리 또아리를 간직하고…

2.
친구들이여!
우리들 삶 속에는 아름다운
우정이라는 정이

때로는 꽃처럼 때로는 구름처럼
피어나고 바람으로 불어와
우리들 삶을 따뜻하고 보람있게

보듬어 주었고 목화송이 같은 눈을 맞으며
즐거워했던 기억들 젊은 날의 그 꿈들
이제는 먼 기억의 골짜기에서

희미해지고 있는 참으로
신선한 아름다움이었네
사랑하는 벗님들 모두 행복하소서!

반달이 보이는 저녁

저녁밥을 먹은 어슴프레한 저녁
거실 커튼을 치기 위해
창문 가까이 다가선다

중천에 떠 있는 반달
왠지 모르게 가슴이
따뜻해진다

말 할 수 없는 정겨움
얼굴 가득 미소가 번지고
왜 그리 반가울까…

달이 바뀌고 무심히
달마다 만나는 반달이
그저 그냥 흐뭇하다

너무 무심해서
음력 며칟날의 달인지
아직도 모른다

그저 우연처럼 만나는
순간의 기쁨이 너무 좋다
그냥 행복한 마음이 된다…

봄의 소리 들리나요

한낮 나의 귀는
토끼 귀가 되어 쫑긋거린다
봄이 오는 소리 들으려

절기는 입춘을 지났고
저 남쪽에는 매화가
만발했다는 소식

봄의 발걸음 소리
나직하게 들려 오는데
얼어 있는 마음들은 녹으려나…

햇살 좋은 날 산책길에
눈을 크게 뜨고 눈여겨 보리라
봄을 품고오는 꽃망울들을

봄을 기다리는 마음은
노상 한결같은 마음이 되고
연인을 맞는 듯 설레이게 하는데

봄이여 어서오라!
기다림에 지친 마음들
고운 미소 띄울 수 있게…

초콜릿

내가 산 초콜릿은
그리움이다
추억이다

살 만큼 산 세대도
마음속에는
그리움이 있다

발렌타이 데이가 없던
옛 세대 세끼의 밥도
해결하기 어렵던 그 시절을…

몸부림치듯 살아온
사람들이 느꼈던 애환을
젊은이여! 그대들은 아는가

현란하게 진열된 초콜릿을 보고
순간적으로 빨간 양철곽
하나를 집어 들었네

살아온 날의 그 많은
기억들을 위해
지나간 날의 그리움을 위해…

등불

알 수 없는 미래의 캄캄한 길
누가 인생에 등불이 되려
손 내밀어 잡아주려 했었던가

외롭고 어둡던 그 길
어느새 예까지 왔는데
벗이여! 그대가 곁에 있어

추락할 것만 같던 위태로움도
소망도 희망도 송두리째
버리려 했던 자포자기도

그대가 있어 구원될 수 있었던
삶이 었었네 빛이 되었었네
사랑하는 벗이여!

이제 우리에게는 참으로
가까이 보이는 삶의 마지막 언덕
따뜻한 가슴으로 감사함을 보내오

소중한 인연으로 만날 수
있었음을 서로 존중할 수 있었음을
진정 감사하고 감사하다오

소중한 벗이여! 다시 태어나면
내가 그대의 등불이 되리라
따뜻한 빛이 되리라…

마음

1.
봄이 온 것을 느끼지 못한 듯
오늘따라 마음은
아직 겨울 같다

꽃들은 흐드러지게 피었고
산수유도 목련도 어느새
지고 있는데…

만발한 벚꽃도
비가 내리면
제 떨어지겠거니

자꾸만 짧은 봄의 기세가
얼마나 연약한지 봄을 느낄 때면
초여름이 된다

2.
봄을 맞는 내 마음이
기쁨보다 우울한
나이만큼 쌓여진 회의와 아픔

봄이면 싹이 돋듯
가슴 한 켠으로 돋아나서
봄을 앓고 있다

언제쯤이면 모든 비애에서
벗어나 홀가분히 삶을
즐길 수 있을런지…

아직도 성숙치못한
늘 부끄럽고 송구스러운
마음이 된다

맥주 한 캔의 상쾌함

가끔 점심을 거른 채
나는 맥주 한 캔(500ml)을
혼자서 마신다

그 맥주 한 캔의
상쾌함을 뭐라고
표현할 수 있을까…

짜릿함이 아니라
아련히 떠오르는 첫사랑의
기억이 피어나 듯

천천히 스미어 드는 상쾌함
혼자서 미소까지 흘리며
한동안 아련히 취해 있다

술을 좋아하는 건 아니지만
어쩌다 가끔 맥주 한 캔의
유혹에 빠져들어

한가한 낮 시간의 무료함을
달래는 지도 모른다
맥주 한 캔의 상쾌함이여…

긴 외출

집을 나갈까 합니다
일 하기 싫어서요

새털같이 많은 날
밥하고 빨래하고 청소하고

싫증이 날대로 나서
집 나갈려고 날잡아 놓고 보니

짝꿍은 두고 친구랑
함께 하는 긴 외출 스페인 여행

준비해야 할 것이 더 많아져
병이 날 지경입니다

카페에 글쓰기도 휴업…
블로그도 휴업…

5월 10일에서 21일까지
휴업합니다

그동안 님들 건강하시고
행복하시기를 기원합니다

저녁 노을 바라보며

저녁 노을이 너무 곱다
어느새 내가 해넘이
노을에 이르렀다

봉오리였던 열 아홉살도
꽃이었던 시절도 지나고
마지막 남겨진 씨앗 같은가

아니면 농익어 떨어질
그 직전의 과일이나 되는지
저녁 노을을 바라보며…

아득하기만 하던 세월이
훌쩍 가버리고
여든을 바라보는 저녁노을

노을처럼 아름답지도 않고
이제 남길 수 있는 건
무엇일까

이름없이 살다 이름없이
사라지고 마는
자취 없는 바람이련가…

무지개 이야기

아주 오래 전 오십 년도 더 지난
할아버지 장례일 매장식에서 본
무지개가 새삼스럽게 떠오릅니다

콧등처럼 생긴 그리 높지 않는 산 중턱
봉분을 만들고 있을 때 맞은편
산 쪽에 작은 무지개가 떠 있었어요

일가친척 많은 어른들이 계셨는데
누군가 한 분이 좋은 일이라 하시며 산 아래
어딘가에 물이 고여 있을거라고…

무지개의 뿌리에는 꼭 물이 있는 거라고
하산하는 길에 두리번거리며 무지개가 섰던
그 한 쪽 끝을 살펴보니 정말 조그마한 물웅덩이가

그 사실이 근거가 있는 것인지
정설인지 아니면 낭설인지 알 수 없지만
아직껏 뇌리 속에 남아 있습니다

돌아보는 세월

삶이 그리 힘들었던가
지나가 버린 것은
거슬러 갈 수 없어도

깊이 되돌아 보며
남아 있는 날의 기쁨과
행복을 위해

마음 가짐을 올곧게
아름답게 가꾸어
가야 하겠네

돌아보면 저 아득한 세월
삶이 헛되지 않기를
이제는 조용히 마음 가다듬으며

기도하는 마음
사무치도록 그리운 날도
있었거늘

삶이란 그 모든 것의 무늬가
수繡 놓인 한 폭
그림인 것을…

이제는 살풋 웃자
웃으며 진정 감사하는 마음
욕심없이 살다가리라

꿈으로
가는
열차

유리 깃털

날아라 유리 깃털이여
고운 빛깔로 단장하고
가볍게 날아

저 푸른 하늘 위
너를 바라볼 수 없는
높이에서 춤추라

상상의 날개를 달고
꿈꿀 수 있는 이들은
너를 따라 더 높이

더 높이 높이 무수한
별들 사이를 함께
날아 다니리라

깃털이여!
아름다운 유리 깃털이여
환상의 날개를 달고… 높이 높이

거울을 보며

거울을 본다
일흔 다섯 해의 세월이
잔물결로 살풋 웃고 있다

오늘은 기분 좋은 날인가 보다
어느 날에는 좀
괜찮아 보이다가도

또 어느 날은 아주 밉상이다
어쩜 이렇게도
못 생겼담…

실망하고 거울을
팽개치듯
놓아 버린다

언제나 고운 모습으로
사는 이는 얼마나
행복하고 흐뭇할까

누구의 탓일까
딸은 자기가 예쁜 건
자가분열을 잘 해서라는데…

어이 없음인지
아니면 어이 있음인지
피식 웃고 만다

기억의 끝은 어디일까요

기억의 끝은 어디일까
때때로 생각해 봅니다
알 수 없는 그 마지막 날을

언제 예까지 왔는지 바드등 바드등
아니면 그럭저럭 살아온 날의
기억들이 머리 속을 어지럽힙니다

정말 예순을 지나 보내고서야
마음의 여유랑 시간의 여유가
한가한 일상이 되어

정기적으로 친구들을 만나고
목요일 하루의 시간들이
무척 즐겁게 해 주었습니다

어느새 몇 해 남지 않아 여든
생각해 보면 그리 많이
남아 있지 않는 세월

후회를 남기지 않기 위해
더 열심히 열정적으로
살아야 하겠지요… 다 사랑하면서!

행복(1)

내가 꽃이 아니었을 때
꽃을 바라보는 눈길은
슬픔이었고

오랜 시간이 흘러
내가 꽃이 되었을 때
슬픔은 가고

아득히 느껴졌던
기쁨과 즐거움이
새가 되어 날아왔습니다

아이와 개와 고양이

아이가 천사임을 알겠네
아이와 개가 나누이는 정
그 정겨운 모습에 미소가 띠어지고

경건히 기도하는 아이와
두 발을 모우고 아이처럼
기도하는 진지한 개의 모습

잠든 아이와 잠든 강아지의
순연한 모습으로 하여
가슴이 따뜻해지는 사랑스러움

아이는 천사임을 이제 알겠네
마룻바닥에 쏟아진 우유를 고양이랑
함께 먹는 천진하고 어여쁜 아이를 보며…

늪

1.
어딘가에 늪이 있다
꽃이 만발한 들길 어딘가에
늪이 있어도 아무도 모른다

삶을 살아가는 무수한
나날 늪을 언제
만날지도 모른다

하늘을 날을 것만 같은
즐거움 속에도
늪은 넌즈시 놓여 있다

사람마다 운명이 다르듯
늪을 만나는 때를
누구나 알지 못한다

2.
늪이 있을지라도 피해
갈 수 있는 사람과 걸음마다
늪에 빠져 허우적거리는

그 많은 날들을 지나보내면서
나는 언제인가 늪에 빠져
허우적거렸으리라

남아 있는 세월만큼은
요행히 늪을 피할 수 있는
세월을 맞이하고 싶다

늪은 어디에도 있다
늪이 있어도 용하게 피해가는
사람은 정녕 행운아이리라

나이듦에 대하여(2)

나이듦을 싫어하지 않는다
나이듦은 미래를 향해
걸어감이리라
오! 새롭게 열려지는 未來여…

지나간 세월은 경험했던
세월 나이듦은 미지의
세계로 들어감이니 새롭게
맞이하는 기쁨도 크리라

오래도록 새로운 날을 맞이할 수
있음은 얼마나 큰 행운인가
건강은 자신의 몫
운명까지도 자기 몫의 일부가 아닐런지…

태어나고 죽음을 맞이함이
자신의 뜻이 아닐지라도
살아있음과 살아가고 있음에
자신의 마음가짐도 중요하리라

이제는 건강이 제일인 나이
마음을 비우고 늘 감사한 마음
행복한 마음으로 나이듦을
자랑스럽게 기쁨으로 느끼리라

소박한 행복

창밖엔 나무들이 참 많다
놀이터 사방으로 여러 가지
나무들이 즐비하게 서 있고

아파트 동과의 사이에 넓은
공간에는 벚나무랑 느티나무가
여러 그루 줄지어 서 있다

칠층에서 내려다보면 너훌거리는
느티나무 잎새가 무척이나 보기 좋다
둥근 모양으로 확 펴져 있는

느티나무의 수형은 언제 보아도
싫지 않고 너훌너훌 춤을 추는
잎새가 한량없이 마음을 사로잡는다

겨울 한 철을 빼고 봄 여름 가을
짙푸르름과 고운 잎새들을
볼 수 있음이 마냥 행복하게 한다

그늘과 양지

삶이 그리 만만하던가요
눈물 흘리던 때가 엊그제
같기도 한데…

세월 흘러 여든을 바라보는
덧없음과 소리치며
누군가에게

기대어 의지 하고팠던
그늘 깊던 아픔도 이제는
아주 먼 옛일 같게만 느껴지고…

세월의 뒤안길에서
넌즈시 웃음 띠어보는
햇살 좋은 어느 오후

그늘이 있으면 양지를 꿈꾸며
보이지 않아도 다가오는
또 다른 날들을 사랑하라고…

그늘이 있어 꿈꾸는 양지
움츠러들지라도 바라볼 수 있는
삶의 뜨거운 희망이여! 꿈이여

미소

곱게 웃어보세요
설령 주름살이 있어도
편안한 모습으로 곱게 웃는
모습은 아름다워요

늘 웃어주세요
근심걱정 슬픔은 털고
살풋 혼자서 웃어보는 것도
마음을 행복하게 하지요

누가 행복하게 해주진 않아요
스스로 행복해지려는 마음
미소 지을 수 있는 그 마음의
여유가 자신을 행복하게 합니다

달 항아리

곱기도 해라 저 백자 달 항아리
빚은 손길도 아름다우리라
가슴에는 사랑을 가득 품고
오직 한 뜻으로만 빚었으리

사람이 오직 한 길로만 가노라면
별이 뜨고 달이 뜨고 해가 뜨고
오직 한 마음으로만 꿈을 꾸면
언제인가 그 꿈은 이루어지리라

여자 3대

가끔 우리 할머니를 측천무후라 했었다
슬하에 3남 3녀를 두신 우리 할머니
맨 맏이신 아버지는 할머니를 아주
극진히 모시는 분이셨기에 할머니의
권세가 늘 당당하셨지요

서른 아홉에 시어머니가 되시고
그 이후로는 부엌일이나 빨래 같은 건
제다 며느리들의 몫
93세에 하늘나라로 떠나셨지요
맏며느리셨던 어머닌 86세에 하늘나라로…

3대인 언니와 나는 열 살 차이로
언니가 88세 내가 78세 참 묘하게도
할머니, 어머니, 언니와 나는 태어난 해가
끝이 0인 해여서 나이를 셈하기가 쉽답니다
하늘나라로 가신지 오래 되어도 잊질 않네요

삶

삶의 의욕이 불꽃처럼 타올라
살아가는 사람도 있고
스스로 죽을 수는 없어서 살고 있는
사람도 있겠거니
나는 어디에 속할까…

후자에 속했던 내가 살아 보았더니
50까지는 지겹고
60까지가 긴 세월이고
60을 넘기고 보니
세월을 왜 그리도 빨리 흘러가는지…

흐르는 물과 같다더니
70을 지나고 나니
세월의 덧없음이 실감나는
죽음을 원하지 않아도
겨우 20년이나 남았을까…

다행히 지금은 건강한 편
별 욕심없이 편한 마음으로
살고 있음이 행복한 마음
아! 이제야 지나가버린 그 세월의
소중함이여!

위안의 나무

너는 아름드리
거대한 나무다

멀리 있어도 보이는
꿈속에서도 마냥 푸르른

그 그늘로 하여 힘들 때
외로울 때 괴로움으로 하여

눈물 흘릴 때도 아늑히
품어주는 큰 그늘이다

그 그늘로 하여 멀고 먼
삶의 여정길이 아주 가까운

아주 익숙한 길이 듯 어느새
반 세기가 저만치 가까이 오고 있네

삶의 길

높은 산 정상을 향해
길을 헤매인다
울창한 숲 계곡물 소리

어느 순간 외로움에 지쳐
길섶에 주저 앉는다
어디에선가 들려오는 새소리

위안을 느끼게 하는 그리움
외로울지라도 가슴 한 켠에
그리움이 깃들어 가는

삶의 긴 여정 길에는
혼자일지라도 혼자가
아니라는 생각들을…

그래 그렇게 스스로
위무하며 험준한 산길을 걷듯
걸어가야 하거늘

삶이 우리에게 잠시 잔혹할지라도
그리움과 사랑 사랑과 믿음
언제나 따뜻한 가슴일 때

희망도 성취도 그 모든 것의
결실들이 찾아오겠거니 길 잃은 좁은
길섶에서도 굳게 다짐하시기를…

삶의 길은 그대 스스로
완성해 가는 끝없는 여정길
쉬임없이 아름답게 꾸며가소서!

뻐꾸기 소리

오늘 아침 유난히 맑은
뻐꾸기 소리
뻐꾹 뻐꾹 뻐국…

처음 듣는 경쾌한
울음소리 그러고 보면
이제까지 들었던 새소리는

뻐꾸기가 아니었단
말인가
기분 좋은 아침이었다

올봄 태어난 아기 뻐꾸기의
울음소리였을까
미소띤 얼굴로 생각해 보는…

가까이에서 본 적 없으니
나름대로의 추측으로만
뻐꾸기 소리를 즐겼나 보다

내일 아침에도 청아한
뻐꾸기 소리를 들을 수
있었음 너무 좋겠네…

꿈으로 가는 열차

1.
아직도 꿈으로 가는
열차를 기다리고 있습니다

연륜이 쌓였다 하여도
그 꿈마저 꿀 수 없다면
삶이 너무 삭막해서

체력은 쇠잔해지고
그렇다고 가만히 집에서만
웅크리고 있을 수 없는

자꾸만 꿈을 꾸며
움직이렵니다

2.
꿈이 있어야 움직임도 있게
마련이 아닐까요
오랜 친구들을 만나고

소통의 날개를 펴 갈 수록
행복한 마음이 됩니다

끊임없이 꿈으로 가는
열차를 기다리며
그 꿈 곁으로 다가서는

마지막 소중한 삶을
살기 위해서…

거울 속

일흔 여덟해의 세월이
거울 속에 있다

내가 알던 얼굴이 아닌
울 할머니의 얼굴이 거기 있다

참으로 보기 민망한
언제 이렇게 변해 갔을까

때로 너무 싫어서
슬픔 같은 것이 밀려온다

어쩌면 더 오래 산다는 것이
고역이 될지도 모르겠네…

훗날에

먼 훗날 마주치는
눈길 앞에서
고운 미소 띄우리라

삶의 긴 여정 속에서도
변하지 않는 꿈으로 하여
행복하였노라고…

먼 이별의 마지막 길에서
눈물 없는 웃음으로
보내리라

어둡고 긴 터널일지라도
두려움 없는 그리움으로 하여
진정 행복했노라고 말하리라

가교

헤어진 이들 사이에도
다리를 놓으면
그 다리 건너 그들도
다시 만날 수 있을까

지하철을 타고 수없이
한강을 건너 오가면서
불현 듯 그런 생각에
잠겨 본다

다리의 소중함을 다시
생각하면서
멀어진 두 사람의 사이에
가교를 다시 놓을 수 있는

그 가교는 어디에
있는 것일까
때로 혼자서 너무
외로워 하고

괴로워 하는 모습을 보면
다시 엮을 수 있는 다리가
너무나도 절실해지는
안타까움이여…

6월을 맞으며

6월이 좋다
여름의 첫 걸음
그 푸르름의 6월이 좋다

어느새 6월이다
심장의 박동이 느릴수록 세월의
흐름을 빠르게 느낀다 하던가…

6월 지나면 무술년 한 해도
반년이 훌쩍 지나가는데 세월의
흐름을 아쉬워한들 무슨 소용인가

후회해도 되돌릴 수 없는 연륜
제 한 몸 건강하게 갈무릴 수 있다면
그것만도 족한 일…

6월이여! 그저 그렇게
밝은 햇살과 푸르름의 향연
마음껏 바라보며 행복해 하리라

마음으로

눈으로만 보려 마세요
아름다운 것은 저 먼 곳에
숨어 있기도 하여

그대여! 마음으로 따스히
마음을 열어 보아 주세요
진실한 것은 아주 깊숙이 숨어

두려움과 떨림으로
온전한 제 모습을 감추이고
초라한 몰골…

아주 외로운 모습일지도 몰라요
바라봄의 따뜻한 눈길이
모든 것의 진실을

볼 수 있을 것 같지만
따뜻한 마음으로
마음으로 보아 주세요

비가 내리는 날

주룩주룩 비가 내리는 날
우산을 받고 가는 사람들

우산도 없이 비를 맨몸으로
맞으며 걸어가는 사람…

그 사람은 비를 좋아하는
것일까

우산이 없어 마음으론
비를 싫어하면서도

어쩔 수 없이 비를 맞으며
걸어가는

나도 우산이 없다면 마냥
맨몸으로 비를 맞으며 걷겠지…

누군가 다가와서 우산을 받쳐주는
이가 있다면 무척이나 감사하리라

다행히 오늘은 잠시잠간
고운 비를 조금 맞았네

꿈으로 가는 열차(2)

1.
1960년대 그즈음을 돌아 본다
꿈이 있어도 꿈으로 가는 열차를
쉽게 탈 수 없던 시절

사범학교를 졸업하고 초등학교
교사가 될 수 있었음도
어려웠던 그 시절…

적응할 수 없는 이단자마냥
지극히 암울하고 염세자였던
희망이 없는 여자 아이

무수한 시행착오를 겪으며
살아온 삶 이제 80년이란 세월이
바로 앞에 놓여 있다

2.
누군가에게 말해 주고 싶은
몸부림치며 살았음도 삶이며
결코 근심걱정 없는

설령 성공으로만 달려왔다고 하여도
그 나름대로의 쓴 웃음과
때로 눈물도 있었으려니

삶이란 그 누구에게나 나름대로의
험한 외길이었으니 끊임없이
달려가기를 또 달려오기를…

3.

지나간 것은 모두 아름다워지는 것
멈추지 않고 달려만 가기를
멈추지 않았음은 때로 자랑스런

긍지가 되고 어둠 속에서
밝게 빛나는 아침이 다가오는 것
삶은 어디서나 멈추지 않고

나아감이려니 포기하지 않는
희망을 품고 힘껏 나아가기를
그대! 젊은이들이여…

미로

꿈을 꾼다
상상의 날개를 펴고
꿈을 꾼다

무엇이 진실인가
무엇이 희망을 버리게
하는 건가

알 수 없는 미망의
회색빛 안개 자욱한
슬픈 현실

꿈을 꾸어도
선명치 않는 꿈이 되어
미로를 헤매이게 하는… 내 나라여!

달빛 고운 밤

달빛 고운 밤 달빛 같은
눈물을 머금는다

하늘을 날던 꿈들은
다 사그러지고

넓은 바다같은 은혜로운
분들은 모두 떠나셨네

허허로운 벌판에
홀로 서 있는 듯한 외로움

가까이 다가서는 삶의
종착역이 보이는 것 같은

잠들지 못하는
달빛 고운 밤이여!

결빙

강 양켠이 제법 얼어있다
추위를 가늠할 수 있게 한다
한강이 죄다 결빙될 때는
추위의 강도가 아주 높을 것이다

25년 째 목요일마다
지하철 2호선을 타고
잠실에서 을지로 입구까지
참 열심히도 다닌다

노년의 삶 가운데 친구를
만날 수 있는 것만큼
기쁜 일이 또 있을까
마음이 안온하고 행복한 느낌까지도…

친구들이여! 아프지 말고
건강하기를 기원하리니
오랫동안 만날 수 있기를
언제나 기도하리다… 사랑하는 친구들이여!

꿈을 꾸리

3월이 오면 꿈을 꾸랴
따스하고 아름다운 꿈을
꽃들이 피어나고…

꿈조차도 봄처럼 화사하고
빛나는 꿈 그런 꿈은
어떤 것일까

20대의 청춘도 아니고
50대의 중년의 꿈도 아닌
80대의 꿈은

입가에 엷은 웃음이
떠오른다
어이없음으로 하여…

오직 건강하기만을 기원해야 하는
그런 꿈이 아닐는지 그리고
치매라는 병

그런 병과는 무관할 수 있기를
맑은 정신으로 꿈꾸며
운명을 받아들이기를…

그런 꿈도 소박한 꿈이 아닐까
소망할 수 있음이
지금은 정녕 행복함이리라!

파도

바다는 저 멀리 있는데
바다를 그리워하는 마음은
가슴속에서 파도를 일구네

7월도 중순에 접어들어
불볕더위의 기승에
지쳐 가는데…

여름을 좋아하던
여자아이는
어느새 여든이 되고

언제 예까지 왔을까
꿈속에서도 그리운
내 유년의 친구들이여!

이 여름
바다를 그리워하는 마음과
유년의 친구를 그리워함이

마음속에서
가슴속에서
푸른 파도를 일구네…

참새들

어제는 참새 네 마리가 왔다
며칠 전엔 세 마리가 와서
모이를 쪼우는데

한 일 미터 사이를 두고
자세히 보았더니 한 마리에게
모이를 먹여 주고 있었다

새끼 참새인가 보다
그런 생각을 하며 무언가
다른 것이 있나 유심히 살펴 보았다

참새 깃털 무늬에서
그림을 그리다 만 것처럼 무늬가
선명치 못한 점이 눈에 들어왔다

역시 새끼 참새인가 보다
생각했는데 어제 다시
날아 왔을 때는 네 마리였다

핸드폰으로 찍어 보았더니
다행히 서툰 솜씨임에도 네 마리의
참새 모습이 고스란히 잡혔다

이제는 아침 여섯 시쯤이면 실외기 위에
날아와 짹짹거리는 참새들
내 소일거리가 한 가지 더 생긴 셈이네

무제

잠들지 못하게 하던
모든 상념들은
먼 하늘로 날아가는
새들처럼 날아가 버리고

가을바람에 떨어져 내린
낙엽을 밟으며
그래도 살아 있음의
행운에 감사드리고 싶네!

내일이면 11월 세월은
왜 이리도 빨리 가는가
막을 수도 없겠거니와 세월에 실여
따라가야 하는 마음도 바빠지고

이미 하늘나라로 떠난 친구들
그 기억들이 되살아나며
추억들까지 마음속으로 그려보는
오래오래 잊지 않기를 바라는 마음이여!

그리움(1)

그리운 것이 있다면
그리운 대로 두리라

세월 흘러 여든 해
흘러간 그 세월 속

그리움이 쌓여
그 그리움 바위가 되고

산이 되었다 한들
지나간 세월의 고마움이여!

그리움이 있어
삶의 끝없는 빛이 되고

꿈이 되어 멈추지 않는
삶의 길이 되었으리

삶이여! 그리움이여
그 은혜로움 한량없어라

인연
그리고
감사한 마음

손녀의 여행

코로나19로 하여 온 나라가
치료와 방역에 힘을
집중시키고 있는데

집회랑 몇 사람이 함께 모이는
친목조차도 멀리하고 있는
이 상황에 여행이 왠 말인가

느닷없이 친구랑 3박 4일
제주도 여행을 떠나버린 손녀
젊음의 호기인지 만행인지

참으로 못마땅했지만
이제 할머니의 권위만으론
제어할 수 없는

다행히 3박 4일의 여행이
무척이나 즐거웠고
행복했었다는 손녀의 여행 보고

그래! 손녀에겐 평생의
아름다운 추억으로 남아있을
여행이 되겠거니…

이제 손녀가 무사히 돌아와서
일상의 생활에 적응하는 모습을 보며
감사한 마음 크옵니다

입춘추위와 코로나 바이러스

2월 4일은 봄이 온다는 입춘날이다
오늘은 삼일째되는 6일 아침
서울 아침기온이 영화 11.8도라 한다
철원이 영화 17.5도…

대체로 올겨울은 추운 날씨가 없었던
따뜻한 겨울을 보내는가 했는데
봄을 예고하는 입춘절 날씨가
참으로 호된 것 같다

온 나라뿐이 아니라 이제는 세계가
앓고 있는 코로나 바이러스로 하여
외출조차도 하지 못하고
대학교까지 개학을 못하고 있는 실정…

자동차 부품을 수입하지 못하여
공장까지 문을 닫아야 하는 엄청난
경제적 손실을 우려해야 하는 현실
이 무슨 상상도 못했던 난관이란 말인가

이 현실의 어려움을 우리는 어떻게
극복해 나가야 할 것인지
참으로 암담한 심정이다
아아! 누가 가르쳐 주지 않겠습니까…

〈2020년 2월 6일〉

비둘기 떼

연둣빛 잎새들이 바람에
나풀나풀 춤을 추고 있다
꽃잎 죄다 떨어지고 없는
벚나무 아래 비둘기 떼가 모여들어
무언가를 쪼우고 있는…

가까이 다가가서 보니
분홍 벚꽃잎 떨어져 나비처럼
날아가고 없는데
암갈색빛 꽃술 떨어진 것을
분주히 쪼아먹고 있었다

이곳에서 삼십이 년을 살았는데도
그런 정경은 처음이었으니
무심해도 너무 무심했던 것 같은

부끄러운 마음 어느 한때는 비둘기들이
아파트 건물 창문턱에 배설물을 떨군다고

모이 주는 걸 엄금하던 때가 있었고
그 이후 비둘기라고는 볼 수 없었는데
나무들이 크게 자라 꽃들을 피우고
열매를 맺어 열매들이 땅에 떨어진 것을
비둘기들이 날아와 함께 먹고 있다

사람들이 모이를 주는 것도 아니면서…
자연 속에서 생기는 열매나 꽃술을
먹기 위해 이른 아침이면 날아드는
한 무리의 비둘기들을 바라볼 수 있음이
너무 좋다

봄비

봄비가 그야말로 촉촉히 내렸다
아주 기분 좋게 스륵스륵 내린 봄비

나뭇잎들이 초록빛과 연두빛으로
더욱 생기롭게 하늘거린다

이제 몇 날 지나지 않아 녹음
짙어진 밀림을 연상케 하리라

88올림픽 때 조성한 30년이 넘는
작은 공원과 정원은 그야말로 밀림같다

30년을 한 곳에서 바라본 풍경
그래도 싫증이 나지 않는다

어쩌면 목숨이 다하는 날까지
이 자리에서 마냥 같은 정경을

바라보며 살고 있을 것만 같다
봄비여! 생기로운 5월의 나무들이여…

녹음

5월 중순에 나무들이 이토록
푸르렀던가
지나간 건 생각나지 않고

공원을 가득 메운 나무들이
짙은 녹음 바다다
마음까지 풋풋하다

세월의 흐름을 덧없다 하여도
참으로 계절의 순환이
마음을 메꾸어 가는 듯…

울타리마다 붉은 줄장미가
피어나고 아침 산책을 즐기는
사람들의 발걸음이 경쾌하다

어느새 초여름이 가까이 성큼
다가온 듯 온통 푸르른 사위四圍
코로나 19여 이제는 물러갔으면

경자년 5월의 푸르름이여!
마음껏 푸르러 상처 입은
우리네 마음에 싱그러운 위안이 되기를…

나비

한 마리 나비가 되어
심산유곡 홀로 핀
꽃을 찾아 가리까

외로운 꽃이여
어이해 너는 홀로 깊은 산 깊은 골
홀로 피어 외로워 하느뇨

사람마저도 때로 홀로
외롭게 남겨져 슬픔에
젖기도 하지만

외로운 꽃이여!
너를 찾아 나비 한 마리
날아와 준다면 얼마나 기쁠까

심산유곡 홀로 핀
꽃을 위해 날아 갈 어여쁜 나비
한 마리 거기 없느뇨…

새 소리

새벽 5시면 잠을 깬다
창문을 조금 열면
삐삐삐 삐삐삐 새 소리가
들려온다

짝꿍이 참새 소리냐고 묻는다
참새 소리라면 짹짹짹 하고
들릴 텐데 맑고 고음으로
삐삐삐 귀에선 새 울음소리

푸른 나무숲에서 들려오는 새 소리
상쾌한 아침의 기분 좋은 새 울음
우거진 숲만 보아도 신선함이
눈과 가슴으로 스미어 드는 듯…

날이 훤히 밝자 참새들이 날아와
에어컨 실외기 위에 날아 앉아 짹짹짹
모이를 달라고 소리 내어 운다

올 들어 벌써 몇 달째 아침마다
저녁마다 날아와 우짖는 참새들 짹짹짹
너무 귀여워 하루 두 번 모이를 주네

나의 가을날

가을날은 이렇습니까
서늘한 바람에도 감기에 걸려
전신이 아픕니다

살아온 세월 속에는
슬픈 날의 아픔도 있고
기쁜 날도 행복함도 있었겠지요

몸이 아프면 마음까지 아픕니다
살아온 세월 속 너무 여러 날
그런 습관적인 아픔으로 하여…

지쳐버린 오늘은 눈물마저
솟구치며 소리내어 울고 싶어서
정말 아무 것도 하지 않으렵니다

슬픔이거나 몸과 마음의 아픔이거나
하루 온종일 가만히 누워서
아주 가만히 쉬면서 달래보렵니다

천사의 목소리

언제 어느 때라도 천사의
음성을 듣기 위해
귀를 쫑긋 열어 두고 있지요

천사의 목소리는 때묻지 않고
순수하고 투명할 것 같은
느낌으로 하여

혼탁한 삶 속에서
언제나 그리워 하는
천사의 목소리여…

작별

아! 늦가을과도 이제 작별이구나
떨어져 뒹굴던 낙엽까지도
바람에 날려 보이지 않는

휑뎅하니 비어진 공간들
나뭇가지 앙상한 외로운 나무들
몇 날 남지 않은 11월

엊그제처럼 찾아왔던 11월이었는데
어찌 이리도 빨리 지나갔는지
눈 휘돌리는 세월이여…

이제는 좀 천천히 얼마 남지 않은 세월
서로 낯섦 익히듯 바라보며
남은 세월 속의 나를 눈여겨보고 싶네

행복이라네

오! 이제 힘들다는
말은 정녕코
하지 않겠네

그 오랜 세월을 지나보낸
여력이 있는데
무엇이 두려우랴

눈물 흘렸음도 외로움도
때로 기쁨도 있고
행복함도 있었기에

이제는 80년이란 그 응축되어버린
세월 보내고 지금껏 살고 있음이
진정 행복이라네

누군가 아니 이제껏 살고 있는
이들이라면 죄다 느낄 수
있었음이리니…

살아 있음은 가장 행복한
최상의 기쁨인 것을
오! 세상에서의 행복함이여!

외동

어느날 지인이 카톡으로 보낸
외톨밤이 뽀족이 얼굴을 내민
밤송이 그림을 보는 순간

'알밤도 외동이면 귀합니까'
외동 아들 유세하며 크는 곁에서
괄세 받던 딸들

그 딸들이 흘렸던 눈물을
아들들은 모르지요
눈물이 마르면서 한恨이 되는 것을…

그 한으로 하여 죽음을 생각하거나
소설가가 되어 여자의 한을
풀어 놓겠다고

야무진 꿈을 꾸었건만
그 꿈은 허물어지고
기껏 시도 詩같지 않는

넋두리만 쏟아 놓고
어느새 황혼에 이르러
산처럼 쌓이는 부끄러움이여…

화

여든 해를 지나보내고
이제 남아 있는
세월은

감사함과 행복한
마음으로 살아야
하겠거늘…

'화禍내지 말라'
자신에게 당부한 것이
십여 년이 지났건만

이제껏 그 화를
다스리지 못한 부끄러움
어찌 그리도 못났음인가

'화내지 말라
나를 사랑해' 남은 세월
다시 달래어 보렵니다

나목

앙상한 나뭇가지 헐벗은 너는
춥지 않느뇨

푸르고 넉넉하던 여름날의
네 모습 그립구나

가을되어 빨간 눈부시게
고웁던 네 모습들…

내 눈티 속에 남아 있는데
아침 커튼을 젖히면

초라한 모습으로 서 있는
모습들이 애처롭구나

봄아! 어서 오려무나
파릇파릇 빛나는 옷 입혀주렴…

세월에게

너는 어이해 그리 빨리 가느뇨
경자년 새해 첫날을 맞은지가
엊그제 같은데

이제 엿새밖에 남지 않았네
우물쭈물 하는 사이
하루는 저물고

무엇을 한 것인지 남긴
보람같은 것 하나없이
세월만 떠나 보내야만 하는가!

마음 속에 남겨지는 건
후회로움이련가
기억들까지도 아물거리고

살아온 여든 해의 세월
무슨 보람으로 어떻게 보냈던가
희미한 그림자 같기만 하네

외로움

세월이 가면 마음도
따라가야 하나요

왠지 머무르지 못하고
흔들리는 마음

느긋하던 성미마저도
성급해지고

눈치없음과 서러움은
또 어디에서 온 것일까요…

알 수 없는 기다림과
눈시울 뜨거워지는 그리움까지

혼자 말없음으로 하여
젖어드는 외로움이런가

슬픈 삼일절

오늘은 삼일절 기념일
태극기를 걸려고 했지만
비가 너무 내려서 창밖
태극기 내걸기를 단념하기로 했다

코로나로 하여 집회도 할 수 없고
날씨조차도 비가 내려서
태극기마저 걸지 못하니
정녕 슬픈 삼일절이 되고 말았다

32년째 살고 있는 이곳에서
태극기를 달지 못하는 날이
두 번째가 되는 것 같다
이사로 하여 태극기를 찾지 못해서

비가 그치고 날씨가 좋아지면
어느 때이건 거실에 세워둔 태극기를
내걸 수 있기를 바라는 마음
하늘이여! 구태여 오늘 비를 내리시나요

마음속 깊이 순국선열에 대한
감사함을 기도드리며
경건한 마음으로 오늘 하루
나라의 앞날을 생각하리라

웃음

행복하다고
웃는 것만은
아니겠지요

행복하지 않아도
웃다 보면
행복해지나봐요

웃을 줄 모르던 아이도
살다 보니 웃게 되고
삶이란…

변화무쌍한 세월에
자신도 모르게
적응해 가는 것

어쩌다 보니 이래도 웃고
저래도 웃을 수밖에 없는
변해가는 삶

그렇게 살다 보니 어느새
여든이라는 긴 인생
정녕 이제 마음껏 웃으리라

남아 있는 날의 기쁨만

웃으렵니다
그냥 웃으렵니다 이제껏
살아 있음으로 웃으렵니다

빛나는 날의 한순간의
행복했던 기억만으로도
마냥 웃으렵니다

폭풍우 속에서도
들불처럼 피어오르던
젊은 날의 순수했던 꿈

설영 꿈이 이루어질 수
없었다 하여도 꿈꾸던 날의
긴 시간에의 열정…

어디 삶이 꿈뿐이었던가요
허나 꿈은 인생을
가장 충만하게 자족시켰던

끝없는 길 위에서의
유일한 꽃이었네
이제는 언제나 웃으렵니다

그냥 웃으면서
남아 있는 날의 기쁨과 살아 있음의
소중함만을 생각하렵니다

인연 그리고 감사하는 마음

1.
많은 세월을 지나 보내고
숱한 사람들과의
만남도 보내고

가까이에서 늘 만날 수 있음의
기쁨과 헤어진 이별의
짙은 아픔을 갖었음도

삶이 주는 인연이겠지요
6년간의 교편생활 속에서
함께 했던 여러 선생님들

설영 만날 수 없다 해도
마음속에 간직 된 인연의 감사함을
오늘도 잊지 않고 있습니다

2.
만남과 헤어짐의 인연이
그 누구의 은혜로움이었을가
생각해 봅니다

열 아홉살 봄에 처음 만났던
선생님들 제 마음 속에는 언제나
그때 그 모습으로 남아 있습니다

오늘 스승의 날을 맞아
생각하며 그리워 하고
그때를 기억해 내고 있지요

만날 수 없음이 운명이고
인연의 끝이라 할지라도
정녕 잊지 않겠습니다! 안녕히…

푸르름이여

오늘 아침의 푸르름이여
어제 하루의 비를 흠뻑 맞은
나무들의 싱그러움이여

너울너울 살랑살랑 흔들리며
춤추는 잎새들의 춤사위
7층에서 내려다 보는 상쾌함이

가슴속까지 확 트이는 듯
이 아침의 눈부신 푸르름에
감사의 마음 가득 하나이다

어느새 5월도 반만큼 지나가고
6월이 다가오는 세월의 순환이
너무 숨가쁘게 느껴지나이다

싱그러운 푸르름이여!
가는 세월이여 이제 좀 천천히
천천히 변해 가소서

청명한 날에

바람 솔솔 나뭇잎
한들한들

파란 하늘엔
흰구름 두둥실

오늘은 생각보다
맑고 청명한 날

창 밖을 내다보며
한가롭게 미소 짓노라

신록의 5월도 이제는
거의 가고 있는데

6월은 또 어떤 모습으로
다가오려는지…

비둘기 떼 날아와
보도블록 위에 모여

무얼 쪼아 먹고 있는가
한낮의 청명함이여

떠나는 5월이여

울울한 마음 달래이던 오월이여
푸르른 생기로운 빛깔로
온 세상 가득 메웠던
그 초록 빛깔의 싱그러움…

바람에 너울너울 춤추게 하고
애틋함과 그리움을 남기며
오월이여 이제 떠나가는가
오월이여! 그래도 또 한 해를 기다려

다시 만날 수 있는 희망이 있어
미소 띠며 보내노라
오월이 있어 풋풋했던 기억들 찬란한
햇살과 초록빛 빛나던 향연이여… 안녕

여름 나기

밝은 햇살이여
나는 밝은 햇살이 좋아요
비가 내리는 날을 싫어하는 만큼
밝고 따뜻한 햇살을 좋아하지요

무더운 여름날에도
선풍기 바람도 부채도 못 부치는
냉체질 긴팔옷을 입고 스타킹을 신고
레이스 장갑까지 끼고 외출을 합니다

한 여름인데도 그런 차림으로
외출을 해야 함이 부끄럽습니다
일일이 설명할 수 없는 나만의 슬픔 같은
이미 반 세기를 넘긴 나만의 여름 나기

노화

커다란 거울 앞에 서면
왠지 움츠러든다
여든을 넘고 보니 하루가
다르게 변모하는 모습

올 들어 더욱 심해지는
여든 둘의 내 얼굴이 살아 계시던
아흔 둘이시던 울 할머니
얼굴을 꼭 닮아 있다

거울 보기가 민망스러워
부끄럽기도 하고
슬프기도 한 마음을
무엇으로 달래랴

가는 세월 붙잡지도 못하고
막을 수도 없는 것을
그래도 팔십여 년 별탈없이
건강하게 살아온 것을 감사드리리다

가을 하늘

1.
이른 아침 커튼을 젖히자
눈을 사로잡는 가을 하늘

깃털 구름 떼가 유유히
동쪽으로 흐르고 있는…

땅 위의 온갖 나무들은
아직 싱그럽고 파랗다

잎새들은 바람에 하늘거리고
초가을날은 아직 푸르기만 하다

2.
하오 다섯 시쯤의 가을 하늘은
더없이 드높고 마냥 파랗다

고개 들어 바라보는 순간의
가슴 확 트이는 충만함이여

몸과 마음이 하늘로 붕~
떠오르듯 가벼워지는 상쾌함

드높고 파란 가을 하늘이
너무 좋다! 아아

푸른 잎새들

33년째 한 곳에 붙박아 살면서
아침마다 바라본 놀이터 공원 아파트 8층
높이까지 올라간 메타쉐콰이어 나무들

한때 아파트 13층까지 커버렸던
그 나무들이 어느 날 싹둑 잘렸었는데
이제 8층 높이까지 푸르름을 내뿜고 있다

소나무, 느티나무, 은행나무, 감나무, 칠엽수
벚꽃나무, 산수유나무, 단풍나무, 플라타너스
아직도 이름 모르는 숱한 나무들…

무성한 나무들을 바라볼 수 있는
그 싱그러움이 언제나 너무 좋다
가슴을 활짝 펴고 심호흡하며

미소 흘리는 이 아침의 행복함이여!
나무들의 푸르름이 주는 충만함이여
내일은 또 내일의 변모하는 모습에 취하리라

친구와의 영원한 이별

1.
사랑하는 친구여! 잘 가세요
진심으로 명복을 비오리다

마지막 길 친구와의 말 한마디
얼굴 한번 볼 수 없이
떠나갔음이 너무나도 슬픕니다!

누구의 탓이리오!
코로나 바이러스라는 괴병이
인류에게 가져다준 불행이라고 하리까!

2.
사랑하는 친구여!
어찌 그리 외롭게 떠나갔나요

그 누구에게라도 전화 한번 할 수
있었다면, 70여 년이란 세월을

친구로 살아온 인연 얼굴을 보며
한 마디의 위안이라도 주고
받을 수 있었을 텐데…

이승을 떠나는 친구의 한 마디
말조차 들을 수 없었음이
너무나도 슬프다오!

사랑하는 친구가 아무도 모르게
하늘나라로 떠난 지 13일이나
지나서야 소식을 들을 수 있음이
참으로 안타깝다오…

3.
친구가 이승을 하직함에도
눈물 한 방울 흘리지 못했다오!
사랑하는 친구여!

우리들의 인연 마음 깊이 간직하리다
하늘나라에서는 부디 아름다운 꿈!
그림 솜씨 마음껏 발휘하며

행복하기만을 기원하리다
다시 한번 친구의 명복을 비오리다…

아쉬움

어느새 시월의 마지막 월요일
며칠 남지 않은 시월이여

코로나로 하여 방콕 생활을 하면서도
계절의 흐름은 왜 그리도 빠른지…

가을여행을 꿈꾸지도 못한 채
가을의 백미 시월은 떠나가는가

왠지 서러워지는 듯한 마음
오랜 세월 속의 염원은 여행이었던…

지나가버린 세월 속의 뜨거웠던 꿈이여
마음껏 여행을 하지 못한 아쉬움이여!

9월과의 이별

8월의 무더위를 잊게 하며
찾아온 9월이여
그 상쾌함의 기억들

첫 가을의 느낌까지도
가슴속 깊이 스며들며
미소 띠게 하던 9월이여

이제 9월과의 이별도
며칠 남지 않았네
창밖을 내다보며 아쉬움이…

나뭇잎들은 9월과의 이별을 모른 채
아직도 짙푸르기만 한데
9월이여! 떠나가야 하는가

더 깊은 가을 10월이 오는
그제야 나무들은 분주히
고운 빛깔로 변해 가겠네

9월이여! 그 상쾌한 느낌으로
미소와 기쁨으로 내게 다가왔던
기억들 잊지 않으리라…

그리움(2)

잊고 있었던 모든 것에 대한

그리움 가을이 온 탓이련가

가슴 깊이 숨어있던 작은

얘기 하나까지

눈물 속에 어리며

오늘 아침은 울고 싶어라

삶의 어느 둔덕에서도

그리움이 있었고

슬픔이 있었거니 뜨겁게

다가와 안기는 긴 삶의 무게

저 드높이 푸르고 맑은 가을 하늘

바라보며 그리움을 날리랴

가을비의 우울

드높게 푸르고 맑은 가을 하늘
그 푸르름을 바라보며
상쾌한 미소 띠는 얼굴들…

10월! 그 가을날의 여운을 뭉개며
내리는 가을비의 우울이여

나는 저만치 먼 곳에서 마치
유배된 듯한 마음이 되어
슬픔에 젖어든다

가을날 마지막 익어가는 오곡과 열매들
그 한 톨의 낟알까지도 아끼는
농부의 마음은 어떠실까

비여! 이제 그만 내리소서

푸르른 가을 하늘 마음껏 뽐내시기를…

가을을 잃는가

아! 만산홍엽의 가을
불타는 빛깔로 가을을
맘껏 펼치던 단풍들

창밖 나무들은 파란 빛깔로만
청청한데 영하의 초겨울 날씨
기상이변의 발 빠른 변화일까

곱게 물든 단풍과 함께
가을을 즐기던 그 오랜 습성과
사색의 계절이던 가을이여!

봄 여름 가을 그리고 겨울
사계절의 아름답던 순환을
영원한 자연법칙으로 생각했건만

이 무슨 갑작스런 변화란 말인가
자연을 손상시킨 우리들의 업보일까
창밖 푸른 나무들을 보며 밀려오는 감회

가을이여!
변함없이 우리들 곁에서 아름답게
물들어가기를 기원하오

하트
잎새

아픔

떨어짐은 아픔이라고 하더이다
낙엽아 너도 떨어짐이
아픔이더냐

곱게도 물들었던 단풍 잎새들이
나무의 몸체만큼 떨어져
흩어져 있는 모습…

그 잎새들 밟으며 쓸쓸함과
슬픈 마음 코로나로 하여
목숨을 잃은 이들의

더 슬픈 영혼들이 생각나는
사랑하는 가족을 떠나보낸 이들의
슬픔은 또한 어떠하리오…

코로나여! 이제는 그만
떠나가기를 정녕 절실한 마음으로
기원드리오리다!

입동

어제가 절기로 신축년의 입동이라네
겨울의 초입을 알리는
어느새 찾아온 입동立冬

오늘 아침 비가 내리고
제법 쌀쌀한 날씨
왠지 마음까지 움츠려드는…

곱게 물들었던 단풍들도
반만큼도 더 떨어지고
쓸쓸해 보이는

아직도 코로나의 기세氣勢는
꺾이지 않고 2년간의
긴 침체로 하여 우울한 사람들…

이제 더 깊어져 갈 겨울
마음을 아주 굳건히 다짐하며
이 고난을 이겨내시길 기원드리리다

창밖을 바라보며

창밖은 사계절 삶의 원동력原動力으로
나를 이끌어가는 표상表象이다
봄날의 새롭게 돋아나는 잎새와
곱게 피어나는 꽃들의 위무慰撫

짙푸른 여름날의 활기活氣찬 푸르름
꿈들을 꾸게 하려는 듯 생기롭고
가을날의 황홀恍惚한 빛깔로
변해가는 단풍들의 빛나는 모습…

때로 삶에 지쳐갈 때 현란한 빛깔로
위무하는 가을날의 충만充滿함이여…
모든 것을 잠재우려는 듯
잊고 버려야 하는 빈 모습의 겨울

사계절의 변모變貌를 한 곳에서
맞이하게 하는 창밖 작은 공원
오늘도 겨울로 가는 길목 11월의 중간에서
변모해 가는 창밖 풍경을 하염없이 바라보네…

떠나가는 가을이여

드높이 맑고 푸르던
가을 하늘이여
바라보는 것만으로
안락妄樂하던 마음

나무의 잎새들은
왜 그리도 황홀한 빛이었나

신축년의 우울을
잠시라도 잊게 하던
가을날의 청량함과 빛남이
이제 떠나가는가

잿빛 겨울이 저만치
다가오는 가을의 끝자락이여

오늘 하루는
산책길에서 가을이
떠나가고 있는 모습들을
마음속 가득히 채우리라

떠나가는 가을이여!
잘 가오 감사한 마음 한량없다오

마지막 이별

신축년 11월 27일 새벽 두 시時에
92세로 하늘나라로 떠나신 언니

어제 인천 장례식장을 찾아가서
마지막 이별을 하였습니다!

내가 아홉살이던 해 열아홉 나이로
결혼하셨던 그 옛 시절

세상의 풍습은 너무도 변화고
아홉 살이던 나도 어느새 여든둘

언제 떠날지 모르는 나이에 이르고
한 분뿐이시던 언니와의 마지막 인사

'큰언니! 잘 가소서
조상님과 부모님 만나시어 잘 계시옵소서

이제는 하늘나라에서 만나요
사랑하는 언니···'

하트 잎새

나무도 사랑하는 감정을
표현할 수 있을까요

16년 전 한 달 동안
집을 비우며 수리하면서
집수리 업체에서 마련해 준

커다란 도자기분에 심어 놓은
사철나무 한 그루 뿌리를 덮은
흙더미 한쪽엔 물이 가득히 담긴

흙과 물이 한 공간에 있는 것도
신기하다는 생각이 들었는데…

15년이 지난 지난해 6월 23일
처음 눈에 띤 사철나무의 커다란 타원형 잎새
사이로 아주 작은 하트형 잎새 하나

너무나 신기해서 사진으로 남겼지요
15년이란 세월 동안 네 식구가 살면서도
물 주는 일은 혼자만의 일

'고마웠다고…
사랑한다고…
오! 어여쁜 사철나무의 하트 잎새여!'

나도 사랑해
어여쁜 하트 잎새여…

행복(2)

어느새 여든을 넘어 또 한 고개
바라보이는 마지막 12월도
중순에 접어들었네

여든 둘의 할머니가 되어
백발이 되고만 세월이여
이제껏 살아 있음이 행복이리라

큰 병 없이 성한 두 다리로
목요일이면 친구들을 만나는
즐거움으로 미소가 띠어지고

가족이 함께 건재할 수 있음도
크나큰 행복함이려니
진정 감사한 마음 그지 없네요

강물이여

굽이쳐 흘러가는 강물 줄기
굽이치면서 수많은 마을을 품고
푸르게 빛나는 곱디고운 물빛이여…

하늘엔 구름꽃이 피어 있고
높은 산허리 끌어안고 유유히
흐르는 물길이여 강물이여…

오천 년 유구한 역사를 품고
영광도 오욕도 한 몸 되어
오늘도 말없이 바다로만 가느뇨…

꿈

꿈이 희망이라는 것을
꿈이 살아 숨 쉴 수 있음은
행복이리라

사람마다 꿈을 꾸면서
사람마다 다른 꿈을 꾸면서
살아서 꿈틀거릴 때

삶은 더 왕성히 빛이 되리니
꿈을 잃지 말아요
꿈을 버리지도 말아요…

삶은 꿈이 꿈틀일 때
무언가 이루어지는
기쁨이 피어나리라

꿈이여! 희망이여
언제 어느 곳에서나
활활 불타오르기를… 꿈이여!

후회로움이여

나를 알고 계셨던 가족의 윗분들이
이제는 모두 떠나가셨다
마지막 남으셨던 열 살 위 큰 언니도
지난달 하늘나라로 가시고

옛 기억을 더듬어 보며
얘기할 분이 아무도 없다는 허전함
때로 눈물이 나며 내가 태어난 시간을 왜
유추해 볼 생각을 못했을까 하는 후회로움…

오직 아들만을 기다리는 순간
딸이 태어나 가족 모두는
정신이 혼비백산 해 버렸단 말인가
아무도 기억하지 못하는 내가 태어난 시각

가족 누군가에게라도 깊이 파고들며
유추해 보는 끈기를 보여야 했거늘
마음속으로만 서운함을 간직하며
살아온 여든 한 해의 후회로움이여…

산에 오르면

산에 오르면
푸르게 살아서
숨 쉬고 있는
나무

나무 사이를
헤집고 불어오는
바람

바람 따라
목고개 들면
드높이 바라보이는
하늘

산에 오르면
山처럼 우뚝 솟는
희망希望…

나무에게

나무야 너희도 춥니
창밖 앙상한 나뭇가지들만
보이는 을씨년스러운 정경

임인년 새 해를 맞아
겨울의 한가운데 1월이란다

푸르게 보이는 건 키 큰 전나무랑
소나무 몇 그루 그리곤 모두가
앙상한 나무들의 나뭇가지뿐

창문 곁에서 한참을 바라보며
쓸쓸함과 외로움을 생각하네

나무야 나무야 겨울나무야
봄이 오려면 아직은 저멀리
바다 저쪽 저멀리도 떨어져 있거늘…

너희도 기다림의 외로움과 쓸쓸함
그리고 인내를 배워야 하리라

겨울 한강

여기저기 둥둥
얼음조각들이 떠다닌다
그래 겨울이야

12월도 떠나보내고
1월의 중순에
접어들고 있네

한강물이 얼어
얼음조각들이 떠돌고 있는
강물이여!

겨울이 춥다 하여도
강물은 끄덕 없이 쉼 없이
흘러가겠네

바다를 향해
그 넓은 바다를 그리워하는
마음도 있겠지

강물이여 한강이여!
쉼 없이 永遠하게 흐르기를
기원하노라

그리운 친구들이여

마음속엔 언제나 유년의
정겹던 친구들의 얼굴이
오손도손 얘기를 나누이며
그립게 합니다

16년간의 학창 시절 따뜻한
우정友情과 포근한 눈빛
내일에의 꿈을 이야기했던
그 빛나던 꿈들이여!

이제껏 세월이 흘러가도
고이 간직된 친구들의 모습들
지금은 모두 어디에서
안녕들 합니까

어느덧 人生의 끝이 보이는 듯한
지점에 이른 연륜年輪 아낌없이
남김없이 부끄럽지 않은 모습으로
떠나야 함을 생각하게 합니다

그리운 친구들이여!
또다시 새해 임인년을 맞아
건강하고 행복하기를
기원하리다

서설

설날 아침 커튼을 젖히자
하얀 눈이 마음을 설레게 했다

서설瑞雪이다
왠지 모르게 미소가 띠어지는

나뭇가지에는 덮이지 않아도
땅 위를 하얗게 덮고 있는 눈

적당히 내려 하얗게
뒤덮여있는 눈이여!

설날 아침의 상서로운 하얀 빛깔
사람마다 느끼는 새로운 희망의 빛

좀 더 나은 내일이 있기를 소망하는 마음
서설이여! 올 한 해의 새로운 소망이

꼭 이루어지는 성취감을 주소서!
희망으로 하여 부푼 기쁨을 주옵소서!

봄이 다가오는 계절

입춘을 지나 보낸 덕분인가
바람의 촉감이 제법 부드럽다
햇살도 따스한 느낌으로
아! 봄이 다가오고 있네

무심하던 눈ᄐ길도 나무줄기를
유심히 살펴본다
산수유 꽃이 제일 먼저
꽃망울을 터트리는 걸 알기에

산수유나무 곁에서 발걸음을 멈추고
찬찬히 살피니 꽃망울이 제법 콩알이다
2월도 벌써 중순에 접어들고 분명
봄은 저 멀리서 분주히 오고 있으리라

기다림

긴 겨울의 기다림으로 하여
하얀빛의 고운 빛깔로 영글어
눈부시게 피어난 목련이여…
목련이 핀 첫 아침의 기쁨이
우울하던 마음을 달래이는데
목련이여! 내 쉰 해의 기다림
그 기다림은 무슨 빛깔로 영글어
꽃은 어디에서 피어날 건가
기쁨인지 슬픔인지 모를 미소 흘리네…

새벽

'날이 밝을 녘'을 새벽이라고
'먼동이 트기 전'을
새벽이라 일컬은다면…

오전 다섯 시는 새벽일까
겨울엔 일곱 시가 되어도
어슴프레 어둡기만 한데

밤새워 일을 하고 새벽녘에야
집으로 돌아가는 사람들
무거운 어깨 그래도 마음은 가벼우리…

사람들이 사는 세상 일도 많고
말도 많아 고달픈 세상살이
코로나19여 오미크론 바이러스여!

이제는 정녕 사라져 주기를
힘든 세상살이 지치고 지친 사람들
새벽이 오듯이 밝게 열려 주기를 기원하리…

그리움의 벤치

그대 눈에 보이지 않을지라도
그대를 기다리는 그리움이
거기 있지요

어디에나 누구에게나
그리움이 있지요

너무 오래되어 아득한
눈물 같은 그리움도

지금쯤 그 어느 바닷가
모래톱을 어우리는 잔잔한
파도가 되어 그대를

그리워하고 있을지도 모를
그리움 그 그리움들

오늘도 그대를 기다리며
놓여 있을 그리움의 벤치

춘분 날

임인년 양력 3월 21일은 춘분이다
일 년 24절기의 넷째
경칩과 청명의 중간으로

태양의 중심이 춘분점에 이르러
적도 위를 직사直射하며
밤낮의 길이가 같다고 한다

이제 봄이 온 것이리라
산책길에 만나는 꽃들
노란 산수유꽃이 활짝 피었고

연분홍빛 매화가 피고
목련꽃도 봉오리를 하얗게 부풀리고
내일이면 활짝 웃을 것 같은…

가로수 아래 노란 민들레랑
보랏빛 제비꽃 돌축대 사이엔
돌단풍 꽃이 소담히 피어 있다

버드나무 실가지는 멀리서 보아도
새잎이 파랗게 보이고
벚나무도 명자 꽃나무랑 라일락도

꽃망울을 부풀리고 있는 이 따사로운
새 봄날을 아직도 마음껏 즐길 수 없는
안타까움이여…

꽃구름

아주 커다란 벚나무의 만개한
벚꽃 모습은 마치 꽃구름 같네

꽃망울이 눈에 뜨인지 채 일주일쯤
어느새 꽃을 피우기 시작터니

사흘밖에 되지 않았는데
황홀히 만개한 꽃구름이여…

다시 또 몇 날이 지나면 그 꽃구름
흩날리며 작은 나비가 되어

높이높이 날아오르고 땅 위엔
흰 눈 내린 듯 밟고 지나가는 사람들

너무 짧은 벚꽃의 한 해 살이가
안타까워 잠시 발길을 멈추리라…

오월

태어나 삼일 만에 맞이한
오월이여!

그 세월의 오월을
기억할 수 없지만

살아온 세월 속의 빛나는
모든 오월이여

꽃들의 아름다움
푸른 잎새들의 생기로움

꿈들이 새롭게 피어나고
세상의 모든 희망과 행복이

오월에서야 열려지는 듯
마음 가득 충만을 갖게 하는

오! 사랑하는 오월이여
아주 천천히 천천히 가주오

신록 예찬

어느새 오월도 중순에 접어들어
창밖은 온통 푸르름이다

삼십 년도 넘는 나무들은
무성하다 못해 밀림 같기도 한

바람이 불 때면 그 많은 잎새들이
너울거리는 싱그러움이

쌓였던 피로를 훌훌 날려버리는 듯
상쾌한 마음으로 입가엔 미소를

아아! 싱그러운 오월이여
푸르름이 가져다준 안락女樂함이여

창밖 신록의 푸르름에 취해
마냥 웃음 흘리고 있네

이별과 만남

오월과의 이별離別이 다가왔네
어여쁜 꽃들을 피어나게 하고

연둣빛과 초록빛의 생기로움으로
꿈과 희망 그리고 행복을 꿈꾸게 한

오월이여! 이제 떠나감의
이별을 마음 하게 하누나…

6월이여! 더 성숙成熟한 모습으로
우리들 곁으로 다가오소서!

푸르름과 무성한 잎새들의
향연饗宴으로 새 계절을 맞는

포만감은 여름날이 두렵지 않은
계절의 순환循環에 더욱 익숙해지리라…

창 밖을 보며

짙푸른 나무들의 향연饗宴

6월이 가고 있네

아직도 연둣빛을 띠고 있는

은행나무랑 느티나무의 잎새들

짙푸른 칠엽수 나무의 잎새랑

메타세쿼이아 나무들의 잎새…

그 싱그러움으로 하여

더욱 울창한 푸르름의 풋풋함

하루에도 몇 번씩이나 窓가에 서서

그 푸르름과 드높은 하늘을

한참 동안 바라봄이 어느새

행복한 日常이 되고 있음이여…

감사함이여

창밖 짙푸른 나무들의
흔들림이 너무 좋다
바람이 준 선물인 것을

거실 소파에 앉아서도
고개만 돌리면 바라보이는
아파트 정원의 무성한 나무들

때로 감사함의 이슬 같은
눈물이 고이고 살아 있음이
살고 있음이 감동스러운…

여든을 지나 보낸 세월歲月의
그 먼 뒤안길이 거기
고스란히 서려 있는 듯

상기想起되며 가슴 가득
감회에 젖어드는 아아!
이 7월 한낮의 감사함이여… 행복함이여!

삐삐 새

새鳥여
삐삐 새여!

어느새벽 너의 울음소리를
처음 들었을 때

그 청량함이 마음을 사로잡아
이름도 모르는

새의 모습도 본 적조차 없어
너의 울음소리 그대로

삐삐 새라 이름 하였는데
오늘 새벽에도 너의 울음소리

삐삐삐 삐삐삐이
우울턴 내 마음 사로잡아

새여!
삐삐 새여

산책길에서 나를 만나면
삐삐삐이 삐삐삐

그 청아한 울음 울어주지 않겠니
너를 알아볼 수 있게…

가을바람에

선선한 가을바람 불어오는데
마음은 전에 없이
우울하기만 하네

내 얘기를 들은 친구는
넌 남자도 아닌데
왜 가을을 타느냐고…

여든 세월 지나 보내고도
이제 무엇이 남아
가을바람에 마음이 우는가

그 세월의 꽃

가슴속에 피어 있던
꽃 한 송이 꺾어
보내리까!

쉰 해를 두고 꽃피워 온
그 꽃의 눈물과
미소까지

그 세월 꿈꾸며
가꾸어 온 꽃
소중한 그 한 송이 꽃을…

친구에게

친구에게 '아프지 말자'
그렇게 말했지만
아프고 안 아픈 것이
자신의 의지로 되는 것인가

그러면서도 위로한다는 말이
'우리 아프지 말자'
그 말밖에 할 수 없다니
씁스레 혼자서 웃고 만다오

일흔 해를 친구로 지낸 우리 사이
친구를 알고 나를 알리고
그 숱한 해의 쌓여진 우정
스르르 눈물이 흐르네

창 밖엔 가을비가 남긴 흔적들
곱지는 않아도 변해가는 나뭇잎새들
노란빛을 머금은 은행잎과
제법 갈색빛 띤 키 큰 느티나무 잎새

갑작스레 확 떨어진 기온으로
마음까지 움츠러드는 이 아침
내 사랑하는 친구여
진심으로 건강을 기원한다오

그 세월

한 오십 년 바라보리라
스스로 맺은 언약言約

어느덧 그 세월 오십 년 흘러가고
홀연히 휘몰아치는 바람이듯

돌아서서 타인他人인듯
떠나온 냉혹한 바람이여…

그 세월에의 외로움과 그리움
꿈꾸며 바라볼 수 있었던

숱한 날의 슬픔과 위안慰安들
세월은 물 흐르듯 흘러갔는가

오십년의 그 세월 이제는 진정
은혜恩惠로움으로 감사드리오리다

행복(3)

초겨울 햇살 좋은 하오 두 시
소파에 느슨히 앉아
거실 창가에 피어 있는
곱디고운 꽃들을 바라보며
오늘만큼 행복했으면 좋겠다고
미소가 피어나는…
깃털구름이 흩어져 흐르는
엷은 푸른빛 초겨울 하늘이여!

메타세콰이아 나무조차도 잎새를
모두 떨구어 버리고
이제 더 쓸쓸한 모습의 겨울이…
회색빛 하늘과 싸늘한 바람소리
옷깃 여미어도 스며드는
목덜미에 감기는 겨울바람
웅크린 모습으로 바삐 걸어가는 사람들
아! 오늘처럼 행복하진 않겠네!

임인년 12월의 기도

임인년 마지막 달 12월입니다
세월의 흐름이 왜 이리도 빠르옵니까
좀 더 느슨해지고 싶은 마음입니다

살아온 세월 그 어디쯤이 행복했었는지
아니면 가장 슬프고 고통스러웠는지
생각도 해보면서 아주 천천히 가고 싶습니다

마치 줄달음치듯 가고 있는 세월이여
여든을 넘긴 그 감회感懷 속엔 진정
감사함의 은혜로움이 크옵니다.

딸로 태어나서 서러웠던 차별은
감당하기 어려웠던 시련試鍊이었고
오랜 상처로 남아 눈물뿐이던 시절

이제는 모두 먼 흐린 기억으로 남겨진
임인년 12월이여! 이제는 내 나라
내 이웃들께 마음 아프지 않게 해주소서!

밝아오는 새해 계묘년에는 진정
나라의 안녕과 새 희망으로 하여
국민 모두가 밝게 웃음 웃게 도와주옵소서

후기

1.

2019년 11월 임영희 제3, 4시집을 내면서 후기를 썼습니다.

'내가 쓴 글이 시詩인가, 시가 아닐까! 나 자신도 수긍할 수 없는…으로 시작하여 아무조록 따뜻한 마음으로 읽어주셨으면 하는 바람입니다!'

2년 후 2021년 2월 임영희 제5, 6시집을 내면서… '때로 너무 일상적이고 산문적이고 부끄러울 수도 있지만 그건 내 인생의 위안이어서… 부끄러울지라도 내 삶의 기쁨을 위해 행복함을 위해 그냥 그렇게 단순히 만족하려 합니다.'

2.

이제 또다시 임영희 제7, 8시집을 내기 위해 후기를 씁니다.

글을 다시 쓰기 시작한 지도 이제는 20여 년이 됩니다! 늘 스스로 부끄럽다는 생각뿐인 그 글들을 그냥 버리고 싶지 않다는 욕심으로 하여, 계속해서 써온 나머지의 글들을 모아… 자신을 위해 내 人生의 긴 여정에서의 기쁨, 슬픔, 아픔의 여러 느낌에서 오는 나만의 생각들을 남겨보려 합니다!

부끄러움은 예나 지금이나 한결같은 제 마음입니다.

어쩌면 마지막 시집이 될지 모를 '임영희 제7, 8시집' 변함없는 마음으로 읽어주시길 바랍니다.

2023년 7월

임영희 林英姬

· 임영희 저자 약력 ·

· 1940년 안동 태생
· 안동사범 병설중학교 졸업
· 안동사범 본과3년 졸업
· 숙명여대 문과대 국어국문과 졸업
· 초등학교 교사 6년
· 1972년 월간 시 전문지 『풀과 별(신석정, 이동주)』 추천
· 현대시인협회 회원
· e-mail: vivichu429@hanmail.net

행복을 부르는 주문

- 권선복

이 땅에 내가 태어난 것도
당신을 만나게 된 것도
참으로 귀한 인연입니다

우리의 삶 모든 것은
마법보다 신기합니다
주문을 외워보세요

나는 행복하다고
정말로 행복하다고
스스로에게 마법을 걸어보세요

정말로 행복해질것입니다
아름다운 우리 인생에
행복에너지 전파하는 삶 만들어나가요

더 밝은 내일

사람과 삶에 대한 통찰과 사랑을 읽다

- 권선복
도서출판 행복에너지 대표이사

　동아시아의 성인 공자는 논어論語 위정편을 통해 "쉰에는 하늘의 명을 깨달아 알게 되었으며, 예순에는 남의 말을 듣기만 하면 곧 그 이치를 깨달아 이해하게 되었고, 일흔이 되어서는 무엇이든 하고 싶은 대로 해도 하늘의 법도에 어긋나지 않게 되었다"라는 유명한 말을 남겼습니다. 이처럼 사람은 살아가면서 인생의 경험을 통해 각자의 방법으로 지혜를 쌓아 나가게 됩니다.

　2021년 5집『봄, 여름, 가을 그리고 겨울』과 6집『아름다워라 산하여』이후 2년 만에 7집『달빛여행』, 『8집 남아 있는 날의 기쁨만』으로 돌아온 임영희 시인의 작품을 보면 세월이 흐르면서 쌓여 가는 삶에 대한 통찰과 애정의 노력을 알 수 있습니다. 신성한 산맥과 모든 것을 포용하는 강에서부터, 우리의 시선이 보이지 않는 곳에서 살아 숨 쉬고 노래하는 작은 풀꽃과 벌레, 새들에 이르기까지 다양한 자연물과 교감하며 자연과의 사랑을 이야기합니다.

특히 임영희 시인은 끝없는 경쟁과 갈등으로 점철된 현대 사회를 견디며 살아가는, 사람들에 대한 위로와 애정이 담긴 시선으로 독자들의 마음을 어루만지면서 동시에, 인간이 궁극적으로 지향해야 할 이상적인 세계를 자연으로부터 찾으려는 시도를 하고 있습니다.

20여 년간 시와 관계없는 삶을 살았고, 우연히 글쓰기를 시작한 이래 15년 만인 2019년 제3시집 『그리워 한다고 말하지 않겠네』와, 제4시집 『꽃으로 말할래요』로 출판의 꿈을 이룬 임영희 시인, 이렇게 오랜 인내와 노력을 통해 이제는 8권의 시집을 내는 중견 시인으로서의 활동을 계속하고 있는, 임영희 시인에게는 어려운 시절을 견뎌온 고뇌와 슬픔, 여든 해를 더 지나 보내며 살아온 삶에 대한 사색이 느껴집니다.

자연의 경이로움과 인간에 대한 애정을 담백하게 노래하는 임영희 시인의 목소리가, 누구나 마음 한구석에 품고 있을 순수한 자연의 감성을 일깨우기를 바라며 건강다복 만사대길한 기운찬 행복에너지 충전 받아 90세 이전에 소녀적 꿈인 소설가로 등단하기를 기원 드리며 선한 영향력과 함께 힘찬 행복에너지가 독자들에게 전파되기를 축원합니다.

긍정의 힘

우리 마음에 긍정의 힘을 심는다면
힘겹고 고된 길 가더라도 두렵지 않습니다.

그 어떤 아픔과 절망이 밀려오더라도
긍정의 힘이 버팀목 되어 줄 것입니다.

지금 당신에게 드리겠습니다.
열린 마음으로 받아들일 수 있는 긍정의 힘.
두 팔 활짝 벌려 받아주세요.

당신의 마음에 심어진 긍정의 힘이
행복에너지로 무럭무럭 자라날 것입니다.

고품격, 고품질
6년근 100% 프리미엄 홍삼농축액

蔘大人 **VIP** 홍삼 溫 (온)

PREMIUM RED GINSENG EXTRACT

제품구성 200g (1개입) / 400g (200g*2개입)

믿을 수 있는	방부제·착색료·합성향료	확인하세요!	안심하세요!
국내산 6년근 홍삼	**3無** 홍삼 농축액	진세노사이드 10.5mg/g	식약처 품목제조신고한 건강기능식품

문의전화 010-3993-6277

NAVER Daum 삼대인 검색 ☎ 02-417-9988

뇌건강을 UP시켜주는
브레인알파가 도움을 드리겠습니다.

- ✔ 기억력 개선
- ✔ 면역력 증진
- ✔ 피로감 개선
- ✔ 에너지 생성
- ✔ 항산화 작용

1일 1포, 언제 어디서나 **간편하게 섭취** 할 수 있는 **똑똑한 브레인알파**

- ✔ 기억력 개선에 도움을 줄 수 있습니다.
- ✔ 면역력 증진에 도움을 줄 수 있습니다.
- ✔ 피로개선에 도움을 줄 수 있습니다.
- ✔ 혈소판 응집억제를 통한 혈액흐름에 도움을 줄 수 있습니다.
- ✔ 항산화에 도움을 줄 수 있습니다.

1일 1회,
매일매일 가족이 함께
섭취하세요!

특허등록

특허등록번호: 10-2527193
항우울용, 스트레스 완화용 및 항 불안용 조성물

특허등록번호: 10-2527194
인지기능 개선용, 기억력 개선용,
스트레스 완화용 및 항 불안용 조성물

(주)티케이헬스케어 대표이사 신지환

중국 상해중의약대학교 중의학 학사

경희대학교 한의과대학 한방응용의학 석사

경희대학교 동서의학대학원 융합건강과학 박사

주식회사 티케이헬스케어 대표(現)

'행복에너지'의 해피 대한민국 프로젝트!

<모교 책 보내기 운동> <군부대 책 보내기 운동>

한 권의 책은 한 사람의 인생을 바꾸는 힘을 가지고 있습니다. 한 사람의 인생이 바뀌면 한 나라의 국운이 바뀝니다. 그럼에도 불구하고 많은 학교의 도서관이 가난하며 나라를 지키는 군인들은 사회와 단절되어 자기계발을 하기 어렵습니다. 저희 행복에너지에서는 베스트셀러와 각종 기관에서 우수도서로 선정된 도서를 중심으로 <모교 책 보내기 운동>과 <군부대 책 보내기 운동>을 펼치고 있습니다. 책을 제공해 주시면 수요기관에서 감사장과 함께 기부금 영수증을 받을 수 있어 좋은 일에 따르는 적절한 세액 공제의 혜택도 뒤따르게 됩니다. 대한민국의 미래, 젊은이들에게 좋은 책을 보내주십시오. 독자 여러분의 자랑스러운 모교와 군부대에 보내진 한 권의 책은 더 크게 성장할 대한민국의 발판이 될 것입니다.